L'attentat

FichesdeLecture.com

L'attentat
(Fiche de lecture)

I. BIOGRAPHIE DE L'AUTEUR

Mohammed Moulessehoul est né en Algérie en 1955. Alors que son père était infirmier, sa mère était encore nomade.

Dès l'âge de neuf ans, il entre dans une institution militaire dont il sortira sous-lieutenant. Devenu officier supérieur c'est en août 2000 qu'il part pour le Mexique avec sa femme et ses trois enfants et ils arriveront en France en septembre 2001.

Il révèle alors son véritable nom à la presse ainsi qu'au public. Mais il continue de publier sous le nom de Yasmina Khadra et écrit en français.

Ses livres précédents sont :

- Les anneaux du seigneur
- À quoi rêvent les loups
- L'écrivain
- L'imposture des mots
- Les hirondelles de Kaboul
- Cousine K

II. RÉSUMÉ

La première page du livre nous donne une terrible, mais réaliste, idée de ce que peut être un attentat à la bombe.

Cela fait, nous retrouvons le docteur Amine Jaafira discutant avec son directeur d'hôpital Ezra Benhaïm. Amine Jaafira, à force d'études et de sacrifices de son père, est devenu un des chirurgiens très cotés de sa ville. Et ce malgré qu'il est Arabe et même Bédouin d'origine.

Très rapidement il a choisi la nationalité israélienne qui s'imposait pour sa réussite. Il est marié avec Sihem mais n'a pas d'enfant. Ils forment un couple apparemment très soudé et amoureux l'un de l'autre. Il y a cependant une légère faille chez Sihem. Comme beaucoup d'Arabes de la région, elle a eu une jeunesse difficile et a dû subir pas mal d'humiliations. Aussi Amine se dit : « Elle avait peur que le sort, qui s'était acharné sur elle, ne revienne la désarçonner encore une fois. » (Page 27 Pocket)

Pendant qu'Amine discute avec Ezra Benhaim et Kim, une autre chirugienne ancien amour d'Amine, un attentat éclate à proximité. Ils se préparent tous à recevoir un nombre important de blessés et à opérer pendant des heures.

Un blessé hurle car il estime qu'on ne s'occupe pas assez vite de lui et va jusqu'à empoigner une infirmière par les cheveux. Amine arrive pour s'occuper de lui, mais celui-ci se met à hurler qu'il refuse qu'un Arabe le touche et il va jusqu'à cracher sur le chirurgien. Il cessera dès qu'il sera terrassé par l'anesthésie.

Sa journée enfin finie, Amine Jaafira rentre chez lui. Ce ne sera pas facile car, il se verra interdire son chemin habituel par la police en vertu de la notion de « délit de sale gueule » de par sa physionomie arabe.

Enfin il arrive chez lui et est étonné de ne pas y trouver sa femme l'attendant. Elle était partie depuis trois jours pour aller dire bonjour à son grand-père. Or, il avait déjà essayé de l'avoir au téléphone à plusieurs reprises, mais sans succès. Et maintenant il découvre qu'elle n'est même pas rentrée à la maison alors que c'était prévu comme cela.

Notons au passage que le docteur Amine Jaafira habite un des quartiers les plus huppés de Tel - Aviv et y possède une superbe maison. Il passe un peu sa vie en revue et se dit qu'ils ont vraiment une très belle vie... Soudain le téléphone sonne et ce n'est pas Sihem. C'est son ami des services de police qui lui demande de venir d'urgence à l'hôpital car il y a de nombreux blessés qui attendant. Il le fait, mais dès qu'il veut se mettre en tenue pour opérer, son ami Naveed lui avoue qu'il n'y a pas de blessés. Par contre, à trois reprises, il lui demande si Sihem est bien à la maison. À Amine qui ne comprend pas, il dit qu'ils ont un cadavre sur lequel ils n'arrivent pas à mettre un nom. Cela pourrait être Sihem, mais ils ont besoin d'Amine pour la reconnaître. Celui-ci s'effondre !

À la morgue, une fois le drap dégagé, il va découvrir un cadavre véritablement éclaté ! Sauf que : « Seule la tête de Sihem, étrangement épargnée par les dégâts qui ont ravagé le reste de son corps, émerge du lot, les yeux clos, la bouche entrouverte, les traits apaisés, comme délivrés de leurs angoisses... »

À peine revient-il de la morgue que Naveed se présente à lui accompagné d'un militaire qui annonce qu'il a un mandat de perquisition pour le domicile d'Amine Jaafira. À celui-ci qui n'y comprend rien et ne voit vraiment aucune raison à cela il répond que le corps de sa femme présente les caractéristiques de celles que présente celui des kamikazes intégristes qui se font sauter à la bombe.

Après une fouille en règle de son domicile, commence pour lui une période horrible, moralement comme physiquement. Non seulement il va subir des interrogatoires musclés pendant plusieurs jours, sans montre et sans voir le jour ou la nuit, mais son cerveau va se débattre contre cette idée que sa femme pourrait avoir été une terroriste.

À des policiers et des spécialistes des services concernés, convaincus que c'est Sihem la kamikaze, il ne pourra que donner sa conviction : ils étaient heureux et elle n'avait aucune raison de faire cela ! À l'inverse les autres se disent qu'elle n'aurait pas fait cela sans que son mari en soit au courant...

Après trois jours il est enfin libéré, mais ils ne sont convaincus que du fait que lui n'était pas au courant. Ils ne changent pas d'idée quant à Sihem : c'est elle la terroriste !

Rentré chez lui il s'effondre et s'endort. Heureusement son ancien amour, Kim, inquiète, vient le voir et le trouve effondré. Elle part opérer un patient et lui dit qu'elle reviendra. Kim va le retrouver couché dans l'allée de son jardin, blessé, après avoir été lynché par des gens du quartier au courant de l'affaire. Après un court séjour chez elle, il rentre chez lui et contemple à nouveau ce quartier, symbole de sa réussite, mais qui vient de brutalement le rejeter.

Dans sa boîte aux lettres, il trouve du courrier, ainsi qu'une lettre portant l'écriture de sa femme et postée à Bethléem, endroit où elle n'avait aucune raison d'être. Rentré dans la maison il l'ouvre fébrilement... La lettre est courte et constitue un aveu. Amine est effondré et ne comprend pas !... Arrive Kim à qui il va montrer la lettre, mais il n'en fera pas de même avec son ami policier Naveed. Dans le but de se détendre, Amine va accepter d'aller passer le week-end chez le grand-père de Kim, Yehuda, qui vit assez isolé avec ses souvenirs des camps et l'extermination de sa famille.

Rentré à Tel-Aviv il va découvrir que, suite à une pétition d'une bonne partie du personnel, il est devenu persona non grata à l'hôpital. Ils vont passer la soirée à trois, Kim, Naveed et Amine. Ce dernier va avouer qu'il sait que Sihem est coupable, mais ne lui en montre pas la preuve. Naveed lui dit que même les terroristes les plus formés ne savent pas ce qui leur est arrivé. Un jour ils ont basculé, voilà, c'est ainsi. Selon lui est terroriste est quelqu'un qui est déjà passé de l'autre côté et pour qui hier et demain ne représentent plus rien.

Suite à une pétition de patients, anciens ou actuels, l'hôpital sursoit à son renvoi, mais pour lui il n'est plus question d'y retourner. Il ne comprend pas comment son entourage a pu le rejeter ainsi. Lui qui a choisi son camp et qui s'est toujours comporté avec la plus grande droiture. Il a toujours respecté les règles ! Il est chirurgien avant tout et, dans son esprit il n'avait pas à s'occuper du monde extérieur. Il était là pour sauver des gens, rien d'autre. Son père lui disait parfois : Et rappelle-toi ceci : il n'y a rien, absolument rien au-dessus de ta vie... Et ta vie n'est pas au-dessus de celle des autres. » (Page 102 Pocket)

Amine décide soudain de se rendre à Bethléem, convaincu qu'il est de trouver la solution à l'énigme là-bas. Mais Bethléem est terriblement dangereux et de toute façon Kim tente de convaincre Amine que là-bas il n'aura pas à faire à des enfants de chœur !... De plus, dit-elle, il n'a aucune chance de rencontrer les véritables responsables de la formation de Sihem. Mais Amine a de la famille à Bethléem et Kim n'arrivera pas à le convaincre de ne pas y aller.

Là-bas, il va de suite sentir que sa famille lui ment et qu'il dérange profondément. Il va se rendre à la mosquée et demander de rencontrer l'imam. Celui-ci refuse et il est jeté dehors. Il en sera ainsi à plusieurs reprises jusqu'au jour où il va forcer le passage et se trouvera face à l'imam Marwan qu'il estime être un des responsables de ce que Sihem est devenue.

La discussion va être courte car celui-ci affirme qu'il n'a rien à lui dire. A ses yeux Amine n'est qu'un traître qui a renié sa nationalité et son peuple et, en plus, il n'est plus un vrai musulman. Le soir même il va faire une seconde tentative, mais sera arrêté par des gardes du corps et fortement battu par eux.

Le lendemain un jeune garçon vient le chercher et prétend qu'on lui a demandé de le conduire chez quelqu'un. Amine se dit qu'enfin un responsable va accepter de lui parler et il suit le gamin. En réalité, ce ne sera pas le cas ! Il va en effet se trouver devant un jeune homme qui semble d'une certaine importance, mais qui lui avouera qu'il n'a jamais vu sa femme a ses yeux Sihem n'a plus su fermer les yeux sur le drame terrible qui secoue son peuple, alors que lui, Amine, a cru tout simplement qu'il suffisait de tourner le regard pour ne pas être concerné. Il supplie une fois de plus Amine de quitter Bethléem et de rentrer à Tel-Aviv. À avoir donné un coup de pied à la fourmilière, il a mis beaucoup de gens en danger, en plus de lui-même.

Rentré chez lui, Amine se rend totalement libéré de toute cette histoire. Il a vraiment la sensation de n'être responsable de rien et maintient ses positions complètement pacifiques. Il est chirurgien et non guerrier, il guérit et ne tue pas !... Ce combat n'est donc pas le sien ! Cependant, errant dans la maison, l'esprit de Sihem s'empare à nouveau de lui. Soudain il tombe sur deux photos qui le frappent : par deux fois on voit sa femme à côté d'une voiture rouge et à chaque fois le jeune Adel se trouve aussi sur la photo... Il interroge un de ses cousins, Abbas, qui avoue avoir surpris à plusieurs reprises Sihem en conversation avec le garçon de la photo. Il y a un peu plus de deux ans, il dit que ce garçon est même venu rôder près de la ferme. Il l'a menacé et quand Sihem l'a appris elle s'est fâchée. Pour Abbas les choses sont claires mais cela ne fait pas tilt aussi vite dans la tête d'Amine. Sa femme le trompait donc !...

Amine, fou de rage, se réveille dans un hôtel tout proche de Tel-Aviv. La veille il s'est arrêté là puis a été au restaurant et enfin il a bu plus que de raison dans un bar. Il se laisse terriblement aller et envisage d'aller refaire sa vie en Europe ou en Amérique. Il va tellement mal qu'il devient agressif Il apprend que Adel est à Janin, région située dans les territoires palestiniens et complètement chamboulée pour le moment. C'est à Naveed qu'il va oser demander de l'aider à gagner cette région de tous les dangers. Celui-ci finira par accepter.

Il arrive là alors que la situation est vraiment grave. Personne ne se sent en sécurité entre les Israéliens et les patrouilles des différents groupuscules palestiniens. La ville n'est qu'un énorme tas de gravats. Il va échouer dans une pièce où on lui passera immédiatement les menottes et il sera menacé d'être abattu. Pour eux, il n'est qu'un homme manipulé par les services secrets israéliens. Il va se retrouver bâillonné et les yeux bandés dans le coffre d'une voiture. On le jettera dans une pièce vide où il restera sept jours et subira plusieurs simulacres d'exécution. Enfin il va voir arriver un « commandeur » qui, à son tour, lui expliquera leurs motivations et comment on peut devenir un kamikaze. « Quand les rêves sont éconduits, la mort devient l'ultime salut... » L'homme s'en va et il entend tout le groupe qui part.

Entre Adel, tout content de retrouver son oncle. Par lui, Amine va apprendre que personne n'est arrivé à dissuader sa femme de se faire kamikaze, même l'imam Marwan a essayé, mais il n'y est pas arrivé tant sa volonté était grande ! Cela faisait un bon bout de temps qu'elle aidait les Palestiniens. Ils se servaient de son compte bancaire pour financer leurs opérations sur le territoire israélien et remplissaient diverses missions pour eux.

Enfin Amine aborde le sujet qui le chipote : quel type de relations avaient-ils entre eux ?

Adel ne comprend pas bien sa question et met un moment à répondre. C'est là qu'Amine va se rendre compte que la question primordiale pour lui est devenue celle de savoir s'il était vraiment cocu ou non ! Quand Adel va enfin comprendre le but de ses questions il va entrer dans une terrible colère car il refuse qu'Amine puisse salir l'âme de Sihem avec de telles pensées. Pour lui, elle était une sainte et ne pouvait donc pas envisager de telles choses.

Avec Adel Amine va partir à une grande réunion de famille chez Omr, son grand-oncle presque centenaire. Il le confie à un jeune homme Wissam qui n'est autre qu'un arrière-petit-fils d'Omr. Il y est reçu comme un roi et la fête est superbe. Mais le lendemain, ils apprennent que Wissam est mort au combat à Janin. Il s'est sacrifié en jetant sa voiture bourrée d'explosifs contre un poste de contrôle israélien.

Au lever du jour, un énorme bull arrive avec des troupes israéliennes. Toute la famille a trente minutes pour évacuer la maison de ce qu'ils veulent conserver, après cela le bull mettra tout par terre, même des personnes si elles ne veulent pas partir. C'est ce que les Israéliens font à chaque fois qu'ils sont arrivés à identifier un kamikaze. Amine ne comprend pas et va tout tenter auprès des soldats, mais rien n'y fait, la maison, familiale et plus que centenaire, est transformée en un amas de gravats Le lendemain une petite-fille d'Omr part à Janine et se sacrifie à son tour...

Et nous allons nous retrouver en plein milieu de l'attentat décrit dans les premières pages du livre. Nous comprenons qu'Amine meurt dans cet attentat.

III. LE CONTEXTE DU LIVRE

Il est tout à fait évident qu'il s'agit de la guerre sans fin que se livrent Israël et Palestine. Ce qui est terrible c'est que nous ne voyons pas d'issues à ce conflit. Chaque partie, mais les Palestiniens, encore davantage que les Israéliens, est animée d'une telle haine envers l'autre que le dialogue est quasiment impossible.

Quand on dit que la haine est plus grande chez les Palestiniens ce n'est pas une critique, mais une constatation. Il convient d'ajouter que ce sont eux qui ont tout perdu et qu'une bien grande partie de ce peuple vit au jour le jour dans une misère terrible. On ne peut, à mon avis, pas accuser l'auteur de partialité. Il termine sur un tableau affreux de la maison du vieux Omr par l'armée israélienne et ce tableau est de suite suivi de la description d'un attentat suicide à Tel-Aviv.

IV. LES IDÉES DÉFENDUES PAR L'AUTEUR

L'aspect politique de l'œuvre

Même si l'auteur tente de ne pas prendre position quant à ce conflit, il reste évident que la description des faits et situations fait qu'il en ressort d'énormes différences entre les belligérants.

À l'exception des attentats suicides et de la mobilisation de beaucoup d'hommes, la société israélienne poursuit sa vie normale tant sur le plan social qu'économique. Seuls les militaires sont confrontés physiquement à une véritable guerre. Le territoire israélien n'est en rien occupé par l'ennemi.

De l'autre côté, nous assistons à de véritables combats qui engagent de nombreux civils comme des enfants des adolescents et même des femmes. L'ennemi occupe régulièrement des parties du territoire et possède un armement beaucoup plus sophistiqué comme les chars et l'aviation. La population vit dans une grande misère et les combattants sont bien plus des milices incontrôlables qu'une véritable armée.

De tout cela il résulte des combats de rue ainsi que de très nombreuses destructions comme à Janin.

À la différence de l'Israélien, le Palestinien est décrit comme un peuple qui a perdu son pays et jusqu'à son honneur.

La chaîne de la violence

Il est évident que l'auteur souligne que cette situation, telle qu'elle se présente, ne peut avoir d'issue. Wissam se fait kamikaze par désespoir, les Israéliens répliquent en détruisant la maison de son arrière grand-père. Le lendemain c'est sa petite-fille qui se fait kamikaze et ainsi de suite dans un sens comme dans l'autre. Et la communauté internationale compte les coups !...

La haine

L'auteur montre, au travers du personnage d'Amine, comment peut naître cette haine. Il ne la comprend pas et c'est normal puisqu'il vit en dehors du problème, presque en vase clos. L'attitude de sa femme lui semble tout à fait inconcevable. Il finira par comprendre même s'il n'admet pas. La haine naît d'une constante humiliation et de l'impuissance.

L'auteur écrit : « On apprend véritablement à haïr à partir de l'instant où l'on prend conscience de son impuissance. C'est un moment tragique ; le plus atroce et le plus abominable de tous. » (Page 212)

Et il ajoute : « C'est pour ça qu'ils préfèrent mourir. Quand les rêves sont éconduits, la mort devient l'ultime salut. » (Page 213)

Le refus de la violence

Amine Jaafira est obsédé par le fait qu'il est médecin et chirurgien et que, de ce fait, il est là pour sauver des gens, mais en aucun cas pour se battre. Il pense : « Car l'unique combat en quoi je crois et qui mériterait vraiment que l'on saigne pour lui est celui du chirurgien que je suis et qui consiste à réinventer la vie là où la mort a choisi d'opérer. » (Page 226)

Ce n'est cependant pas un homme qui a peur, c'est un homme convaincu de ce qui est sa mission. À ses yeux rien n'est supérieur à la vie et ne pas la respecter est un crime contre l'homme. À un moment il ressent une peur panique, alors qu'il pense être exécuté dans les minutes qui viennent, mais ce sentiment va très vite se transformer en une honte.

Il pense ceci : « J'ai tellement honte de subir tant d'affronts sans broncher que le sort qui m'attend m'indiffère ; je ne suis plus rien. » (Page 208)

À ce moment-là, il devrait mieux comprendre la conduite de sa femme, mais aussi cette révolte qui habite les Palestiniens au point de les pousser à la haine. Ils subissent les affronts, mais le moyen pour eux de garder leur dignité c'est d'aller jusqu'au bout de la haine, jusqu'au bout de la lutte. Ils n'acceptent pas la honte et leur révolte fait qu'ils ne se disent pas qu'ils ne sont rien.

Notons quand même aussi qu'Amine a l'habitude de vivre dans un milieu des plus confortables et très privilégié. Ce n'est pas un homme habitué aux affronts.

L'identité

Amine ne peut pas être qualifié de « croyant » ce qui le coupe déjà d'une bonne partie de ce que l'on pourrait appeler son peuple. Il l'est d'autant plus qu'il a choisi son camp en changeant de nationalité. Pour son peuple il est un véritable traître. Lui, le Palestinien, a choisi la nationalité israélienne afin de mieux réussir et de mieux s'intégrer.

Il n'empêche que dès l'apparition du problème, l'intégration vole en éclats et ses voisins sont au bord de le lyncher. Il ne garde que le soutien de trois personnes ! Son intégration n'est qu'un leurre : pour les Israéliens il reste un arabe.

Cependant nous constatons que cela n'est pas du tout le cas pour les membres de sa famille tous toujours installés en Palestine. Dès qu'ils le voient, ils l'accueillent comme un des leurs.

Mais la question de l'identité est encore plus profonde quand il dit à un vieillard palestinien : « Tout Juif de Palestine est un peu arabe et aucun Arabe d'Israël ne peut prétendre ne pas être un peu juif. »

Vient alors la réponse du vieil arabe : « Tout à fait d'accord avec toi. Alors, pourquoi tant de haine dans une même consanguinité ? »

Là, nous tombons dans un problème tout à fait politique.

La jalousie

Il est saisissant de voir à quel point Amine va changer de motivation à un certain moment. Il finit par comprendre ce que sa femme a ressenti et se calme. Il est prêt à arrêter toutes ses recherches.

Et voilà que soudain un autre sentiment va le motiver à vouloir aller plus loin. Un de ses cousins émet l'idée que Sihem l'aurait trompé avec Adal. Il retourne dans le danger le plus grand, plein de colère, et avec pour obsession de trouver Adal et éclaircir ce point.

Celui-ci lui enlève toutes ses craintes et voilà ce qui s'ensuit : « Et je le crois, mon Dieu ! Je le crois. Ses paroles me sauvent de mes doutes, de mes souffrances, de moi-même... Un flot d'air frais s'engouffre en moi, chasse le remugle qui m'empuantissait intérieurement... maintenant que mon honneur est épargné, je perds de vue mon chagrin et mes colères et je suis presque tenté de tout pardonner. »

Ce retournement de motivation et l'importance de son soulagement peuvent se comprendre, mais ils ont aussi quelque chose d'un peu choquant. Il devrait être un peu honteux de ces pensées et d'avoir cru ce qui était très loin d'être prouvé.

Il tente d'expliquer ce qu'il croit avoir été son aveuglement en prenant l'exemple de son père qui peignait sans cesse le même sujet, une Madone menottée et la recommençait à chaque fois.

De Sihem il dit : « Elle était ma toile à moi, ma consécration majeure. Je ne voyais que les joies qu'elle me prodiguait et ne soupçonnais aucune de ses peines, aucune de ses faiblesses... Je ne la vivais pas vraiment, non – autrement je l'aurais moins idéalisée, moins isolée. Maintenant que j'y pense, comment aurais-je pu la vivre puisque je n'arrêtais pas de la rêver. »

Son excès d'amour serait le responsable du fait qu'il n'ait pas vu venir son problème. Cela se peut, mais est-ce que son dévouement quasi total à sa vocation, son métier, ne serait pas également une explication ?

Notez qu'il est tout aussi aveugle quand il s'agit de comprendre le monde extérieur à son métier. Il vit dans son beau lotissement pour riches et est reçu avec les honneurs partout. Il vit un peu dans une bulle.

L'évolution de l'espèce

Je ne peux m'empêcher de souligner ici une conception particulière qu'Amine a d'envisager cette évolution quand il évoque le sacrifice fait par les kamikazes. Il dit :

« Ce sont généralement les meilleurs, les plus braves qui choisissent de faire don de leur vie pour le salut de ceux qui se terrent dans leur trou. Alors, pourquoi privilégier le sacrifice des justes pour permettre aux moins justes de leur survivre ? Tu ne trouves pas que c'est détériorer l'espèce humaine ? Que va-t-il en rester, dans quelques générations, si ce sont toujours les meilleurs qui sont appelés à tirer leur révérence pour que les poltrons, les faux-jetons, les charlatans et les salopards continuent de proliférer comme des rats ? »

Cette pensée peut paraître assez juste au premier abord, mais :

1. Tous les hommes, ou femmes, intelligents et courageux ne peuvent pas se suicider vu qu'il faut en garder un certain nombre pour le fonctionnement du mouvement en général.
2. Mais surtout, ce qu'il dit revient à considérer que les courageux font des courageux, les intelligents des intelligents, alors que les autres ne feraient que des lâches et des idiots. Cela me paraît un rien tangent ! Qu'une certaine hérédité existe, c'est un fait, mais il ne faudrait pas la pousser trop loin. Il y aura toujours des hommes prêts à se révolter contre l'injustice. Spartacus aussi était fils d'esclaves. Camus était fils d'un cultivateur et d'une illettrée...

V. LE STYLE D'ÉCRITURE

L'écriture de Yasmina Khadra est volontairement simple, mais parfaitement adaptée aux personnages et au message qu'il veut faire passer. Son but est d'être compris du plus grand nombre de lecteurs possibles, pas de faire de la haute recherche stylistique.

Il n'empêche que la description de l'attentat, qui représente les cinq premières pages du livre, est vraiment terriblement bien écrite Le lecteur vit l'événement.

De la même façon l'écriture de Khadra fait que le lecteur sent très bien la colère d'Amin ou la détermination, parfois même la haine, de ses interlocuteurs membres des organisations palestiniennes.

De façon générale la psychologie des personnages est fouillée et reste logique dans l'évolution des choses. Il va de soit que ce livre ne contient pas beaucoup de descriptions, à nouveau ce n'est pas le but. Celui-ci est d'aller à l'essentiel, de faire évoluer l'histoire et de garder son lecteur en haleine.

L'auteur y arrive parfaitement bien.

Dans la même collection en numérique

Les Misérables
Le messager d'Athènes
Candide
L'Etranger
Rhinocéros
Antigone
Le père Goriot
La Peste
Balzac et la petite tailleuse chinoise
Le Roi Arthur
L'Avare
Pierre et Jean
L'Homme qui a séduit le soleil
Alcools
L'Affaire Caïus
La gloire de mon père
L'Ordinatueur
Le médecin malgré lui
La rivière à l'envers - Tomek
Le Journal d'Anne Frank
Le monde perdu
Le royaume de Kensuké
Un Sac De Billes
Baby-sitter blues
Le fantôme de maître Guillemin
Trois contes
Kamo, l'agence Babel
Le Garçon en pyjama rayé
Les Contemplations

Escadrille 80
Inconnu à cette adresse
La controverse de Valladolid
Les Vilains petits canards
Une partie de campagne
Cahier d'un retour au pays natal
Dora Bruder
L'Enfant et la rivière
Moderato Cantabile
Alice au pays des merveilles
Le faucon déniché
Une vie
Chronique des Indiens Guayaki
Je voudrais que quelqu'un m'attende quelque part
La nuit de Valognes
Œdipe
Disparition Programmée
Education européenne
L'auberge rouge
L'Illiade
Le voyage de Monsieur Perrichon
Lucrèce Borgia
Paul et Virginie
Ursule Mirouët
Discours sur les fondements de l'inégalité
L'adversaire
La petite Fadette
La prochaine fois
Le blé en herbe
Le Mystère de la Chambre Jaune
Les Hauts des Hurlevent
Les perses
Mondo et autres histoires
Vingt mille lieues sous les mers
99 francs
Arria Marcella
Chante Luna

Emile, ou de l'éducation
Histoires extraordinaires
L'homme invisible
La bibliothécaire
La cicatrice
La croix des pauvres
La fille du capitaine
Le Crime de l'Orient-Express
Le Faucon malté
Le hussard sur le toit
Le Livre dont vous êtes la victime
Les cinq écus de Bretagne
No pasarán, le jeu
Quand j'avais cinq ans je m'ai tué
Si tu veux être mon amie
Tristan et Iseult
Une bouteille dans la mer de Gaza
Cent ans de solitude
Contes à l'envers
Contes et nouvelles en vers
Dalva
Jean de Florette
L'homme qui voulait être heureux
L'île mystérieuse
La Dame aux camélias
La petite sirène
La planète des singes
La Religieuse
1984 A l'Ouest rien de nouveau
Aliocha
Andromaque
Au bonheur des dames
Bel ami
Bérénice
Caligula
Cannibale
Carmen

Chronique d'une mort annoncée
Contes des frères Grimm
Cyrano de Bergerac
Des souris et des hommes
Deux ans de vacances
Dom Juan
Electre
En attendant Godot
Enfance
Eugénie Grandet
Fahrenheit 451
Fin de partie
Frankenstein
Gargantua
Germinal
Hamlet
Horace
Huis Clos
Jacques le fataliste
Jane Eyre
Knock
L'homme qui rit
La Bête humaine
La Cantatrice Chauve
La chartreuse de Parme
La cousine Bette
La Curée
La Farce de Maitre Pathelin
La ferme des animaux
La guerre de Troie n'aura pas lieu
La leçon
La Machine Infernale
La métamorphose
La mort du roi Tsongor
La nuit des temps
La nuit du renard
La Parure

La peau de chagrin
La Petite Fille de Monsieur Linh
La Photo qui tue
La Plage d'Ostende
La princesse de Clèves
La promesse de l'aube
La Vénus d'Ille
La vie devant soi
L'alchimiste
L'Amant
L'Ami retrouvé
L'appel de la forêt
L'assassin habite au 21
L'assommoir
L'attentat
L'attrape-coeurs
Le Bal
Le Barbier de Séville
Le Bourgeois Gentilhomme
Le Capitaine Fracasse
Le chat noir
Le chien des Baskerville
Le Cid
Le Colonel Chabert
Le Comte de Monte-Cristo
Le dernier jour d'un condamné
Le diable au corps
Le Grand Meaulnes
Le Grand Troupeau
Le Horla
Le jeu de l'amour et du hasard
Le Joueur d'échecs
Le Lion
Le liseur
Le malade imaginaire
Le Mariage de Figaro
Le meilleur des mondes

Le Monde comme il va
Le Parfum
Le Passeur
Le Petit Prince
Le pianiste
Le Prince
Le Roman de la momie
Le Roman de Renart
Le Rouge et le Noir
Le Soleil des Scortas
Le Tartuffe
Le vieux qui lisait des romans d'amour
L'Ecole des Femmes
L'Ecume Des Jours
Les Bonnes
Les Caprices de Marianne
Les cerfs-volants de Kaboul
Les contes de la Bécasse
Les dix petits nègres
Les femmes savantes
Les fourberies de Scapin
Les Justes
Les Lettres Persanes
Les liaisons dangereuses
Les Métamorphoses
Les Mouches
Les Trois mousquetaires
L'étrange cas du Dr Jekyll et de Mr Hyde
L'Ile Au Trésor
L'île des esclaves
L'illusion comique
L'Ingénu
L'Odyssée
L'Ombre du vent
Lorenzaccio
Madame Bovary
Manon Lescaut

Micromégas
Mon ami Frédéric
Mon bel oranger
Nana
Ne tirez pas sur l'oiseau moqueur
Notre-Dame de Paris
Oliver twist
On ne badine pas avec l'amour
Oscar et la dame rose
Pantagruel
Le Misanthrope
Perceval ou le conte du Graal
Phèdre
Ravage
Roméo et Juliette
Ruy Blas
Sa Majesté des Mouches
Si c'est un homme
Stupeur et tremblements
Supplément au voyage de Bougainville
Tanguy
Thérèse Desqueyroux
Thérèse Raquin
Ubu Roi
Un Barrage contre le Pacifique
Un long dimanche de fiançailles
Un secret
Vendredi ou la vie sauvage
Vipère au poing
Voyage au bout de la nuit
Voyage au centre de la terre
Yvain ou le Chevalier au lion
Zadig

À propos de la collection

La série FichesdeLecture.com offre des contenus éducatifs aux étudiants et aux professeurs tels que : des résumés, des analyses littéraires, des questionnaires et des commentaires sur la littérature moderne et classique. Nos documents sont prévus comme des compléments à la lecture des oeuvres originales et aide les étudiants à comprendre la littérature.

Fondé en 2001, notre site FichesdeLectures.com s'est développé très rapidement et propose désormais plus de 2500 documents directement téléchargeables en ligne, devenant ainsi le premier site d'analyses littéraires en ligne de langue française.

FichesdeLecture est partenaire du Ministère de l'Education du Luxembourg depuis 2009.

Plus d'informations sur www.fichesdelecture.com

www.fichesdelecture.com

ISBN: 978-2-511-02882-7

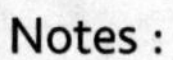

Notes :

www.ingramcontent.com/pod-product-compliance
Lightning Source LLC
LaVergne TN
LVHW052115160826
845678LV00015B/3565

* 9 7 8 2 5 1 1 0 2 8 8 2 7 *